KB095286

그대 등 뒤의 슬픔에게

용이림 드로잉 시집

드로잉 시집을 펴내며

내 인생에서 몇 번의 폭풍우가 지나간 후
나는 오랫동안 동굴 속에서 머물렀다.
상처 입은 짐승처럼 그렇게
인생이란 놈은 항상 예고 없이 어느 날 갑자기, 귀싸대기를 갈겼다.
다시 기운을 차리고 일어설라치면 이번엔 뒤통수를 갈기고,
쓰러져 있는 나에게 발길질을 퍼부었다.
동굴 속에서 머리 박기
피 흘리며 쓰러져 울기
세상의 가장 변두리 외진 곳에서 울부짖던 날의 일기이다.

인생아, 아무리 날 괴롭혀 봐라
그런다고 내가 죽나
다시 꼭 행복해져서 인생에게 복수하리
이 시집은 시인도 아닌 한 화가의 시덥잖은 시지만
한때의 절망, 불안, 공황장애를 이기고
이제는 동굴 밖으로 나와 햇빛 속을 걷는
한 인간의 독백쯤으로 읽어 주었으면 한다.

수많은 시간들을 비틀거리는 어미 옆에서
함께 견디고 힘을 준 내 사랑하는 아이들
석영, 지은, 승헌에게 마음 깊은 사랑과 고마움을 보내며
또한 어려울 때마다 십시일반으로 도와준 형제들에게도 감사를 전한다.
내 그림을 좋아해 주고 구입해 준 은인 같은 친구들,
내 길을 지지해 주고 우연히 만나 인연이 된
수많은 분들께도 고개 숙여 감사드린다.
희망이 없는 날들 동안 비틀거리면서도
여기까지 걸어오게 하신 하나님께 감사드린다.

겨울 햇빛 속에서
벌벌 떨며 말라 가는 빨래처럼
태양을 향해 웃자.
살아 있어서 행복한 날이다.

작가 용이림

목차

1부

슬픈 날들의 일기

2부

햇빛을 향해 걸어가기

1부

슬픈 날들의 일기

길

길을 나섰지
소풍 가방 둘러맨
겁쟁이 토끼와 함께
길은 보이는 듯
보이지 않고
사막 같은 인생길을
어스름한 달빛을 보며
걷고 또 걸었지

yong

yong.

그 아이

잠결에 듣는 빗소리
꿈속에서도 내리는
추억이 배회하는 거리 모퉁이

내 안의 자라지 못한
어린 시절의 내가
엄마를 기다리는 그 골목길

졸고 있는 가로등 밑에
그 아이가 손등으로 눈물 훔치는 소리
추적추적 봄비 내리는 소리
세월이 쌓이는 소리

나무

당신이 떠난 빈자리에
어느 날
씨앗 하나 떨어져 자라더니
이제는 나무 하나
살고 있습니다

당신과 함께 살던
날 수만큼이나
추억으로 무성해진 나뭇잎

아이들의 키가 자라는 만큼
그 추억도 퇴색되어가고
가끔은 돌아와
새삼스레
그 나무에 눈물로
물을 줍니다

불면증

생각 하나가 머릿속을 비집고 들어온다
생각은 개미다
개미는 새끼를 낳고 또 낳고
그 새끼는 다른 새끼를 낳고
저 혼자서 더 많은 새끼를
낳고 또 낳더니

마침내
내 머릿속은 하얗게 비고
새하얗게 새운 밤을
시커먼 개미가 뒤덮는다

오래된 슬픔

굳은살이 복숭아뼈 밑에
딱딱하게 생겼다
떼어내고 또 떼어내도
다시 돋아나는 굳은살
끈질기게 되살아나는
그 살 껍데기를 또 뜯으면서
지나간 세월 동안
끊임없이 뜯어낸 내 가슴속
슬픔이 아직도 그 자리에
있는 것을 보았다

yong.

세월

고통을 잊는 데는
시간이 약이라고 해서
너에게 너무 오래 시간을 내어주었지
고통은 둔해졌는데
얼굴의 주름살은 선명해졌네

시간에게 세월을 내어줬더니
남은 것은 거울 속의
늙어버린 나

멈춘 시간

시간이 빨리 지나가버렸으면
하고 느끼는 날은
고통이 가슴을 짓이기는 시간들이
길 위의 복병처럼 늘어서 있다

공통점

실연과 숙취는 비슷하다
달콤한 만큼 깨면 쓰디쓰다
죽을 듯 아픈데 죽지는 않는다
시간이 지나면 저절로 낫는다

마침내 괜찮아진다

사랑이 올 때

사랑이란
언제나 우연을 가장한
운명으로 다가오는 것

네가 잠시 머문 내 마음의
빈자리엔
쓸쓸함만 남아
추억의 곰팡이를 피워 올린다

질식할 것 같은
그리움의 독한 향기로

고독

깊고 깊은 외로움 속으로
나는 침잠한다
빛도 어둠도 없는 회색 지대
지나간 세월의 무서운 바람 소리
흐르는 시간의 고요한 침묵
내일의 빠른 발자욱 소리

나는 끝없이 낙하한다
바닥도 없는 심연의 늪으로

어떤 얼굴

장맛비가 온다는데
내 가슴은 벌써 젖어
잃어버린 것들을 찾아 헤매이는 꿈속

비는 내리고
허물어지는 가슴속
오래전 비 내리던 기억 속으로

이제는 낯설어진 얼굴 하나
빙긋 웃으며
잘 지내느냐고 안부를 묻는다

새 친구

어느 날 갑자기
슬픔이 나에게 어깨동무를 했지
마치 오래된 친구처럼

우리는 서로에게 기대어
흐느끼며 걸었어
오래오래 그렇게
비틀거리면서

삶

산다는 것은
앞이 보이지 않는 안갯속을
더듬어 홀로 나아가는 일

각자의 고독을 짊어지고
쓸쓸한 삶의 무게를 견디는 것

찾아도 찾아도
만날 수 없는
따스한 얼굴 하나 그리다가
안갯속에 스러지는 것

어떤 그리움

한 평생을 그리운 이름 하나
찾아 떠돌다가
쇠사슬에 매인 개처럼
집 주변에서만 맴돌다가

문득
깨닫게 된 늙어가는 나이
주름살 생긴 만큼 마음도
늙어가면 좋으련만,

늙지 않는 그리움 하나
강변을 서성이다가
해 저물도록 돌아오지 않네

yong.

그 집으로 가는 길

그리움이란 말처럼
가슴을 흔드는 것은 없다
그리운 집
그리운 엄마
그리워서 너무 그리워서
생각하면 가슴이 무너지는
그런 것들
그리운 것들은 다시는
가질 수 없는 잃어버린 것들이니까

별

우리는 모두 서로에게
멀리서 반짝이는 별
너의 별과 나의 별 사이엔
깊고 푸른 어둠
결코 가까이 갈 수 없어서
모두가 외롭게 반짝일 뿐인
서러운 깜박거림의 한 생

고장 난 마음

내 마음은 고장 난 시계추처럼
너와 함께 하던 날들과
너를 잃어버린 그날 이후를 오간다
행복과 슬픔 사이를 왕복 운행하는
어리석은 시계 바늘
네가 떠난 후 내 마음은
고장 난 시계처럼 그날에 멈추고 말았다
똑딱똑딱

yong.

고립

나는
촘촘히 박힌 책장 속의 오래된 책처럼
조용히 낡아가리
아무에게도 눈에 띄지 않게
사그러지리
깊고 깊은 고독만이 친구인
그곳에서 낡아져가는
한 권의 책처럼

하늘을 보니

비가 올 것 같아
하늘을 보니
한 조각 잿빛 구름에서
떨어지는 건 비 같은 눈물

하늘 저편에서
손바닥만 한 구름이 나를 향해
손을 흔드네

너처럼 쓸쓸한 인생이 또 있냐고
후두둑
쓸쓸한 가을비를 떨어뜨리네

yong.

가을날의 오후

햇살이 눈부심을 느끼는 것은
내 안의 어둠이 깊은 것을 앎이라
가을이 긴 그림자를 드리우고
그 서글픈 뒷모습을 보이는구나

아직도 오지 않는 너를
아주 오래전 내가 버린 너를
꿈속처럼 하얀게 웃는 너를
오래전 죽어버린 너를

그림 속 나목 아래서
기다리는 긴긴 그림자의
시간

어느 해 사월에

4월은 붉은 달이 뜨는 달
비는 하늘에서 내리는데 꽃비만 내리는 달
젖는 건 눅눅하게 해어진 낡은 내 가슴

꽃비는 내리는데 청춘은 간 데 없고
깁스 한 다리를 걸쳐놓고
바라본 거울 속에는
낡아버린 꿈의 허물들

쿠르릉 쾅쾅
딛고 선 발밑이 무너지는 소리

양면성

모든 좋은 것에는 나쁜 면이 있고
모든 나쁜 것에도 좋은 것은 있어

슬픔은 영혼을 맑게 하고
환란은 존재의 부질없음을
깨닫게 하지

그러니 너무 절망하지는 말아
고통이 지나가면
다시 기쁨이 올 거야

사랑

눈먼 두 사람이 만나
하나의 사랑에 빠져서
갈망의 독약을 마시는
위험한 게임

꿈에서

어젯밤 꿈에도 너를 보았지
너는 어디론가 가버리고
나는 기억나지 않는
네 전화번호를 생각하려 애를 써

밤새 길을 헤매어도
너를 찾을 수 없어
길은 길로 이어지고
집들은 많은데
내가 들어갈 우리 집은 없어

언제나 나는 길 위를 서성거리지
내가 잃어버린 것은
집이었을까
네가 있는 행복이었을까

풍선

사람들은 모두 외로워
낯선 사람들에게도 가끔
그리움을 투사하지만

조심해,
그런 그리움은 풍선 같아서
뾰족한 말 한마디면
펑 하고 터져버릴 테니

굴레

멍청하게도
사탕이 사랑이 아니라는 걸
알면서도 또 빠진 것

더욱 멍청한 것은
이별하고도 너를 그리워하는 것

다시 처음으로 돌아간다 해도
또다시 너를 만나리라는 것

어느 날

마음이 공허한 날에는
하늘을 보았지
그냥
네가 보일까 봐

사자 모양 구름만
하품하며
산등성이를 넘고 있네

장마 비

비가 그쳤다
내 속에서 크게 울던
그 울부짖음도 그쳤다

멀리서 동네 개가
컹컹컹
나 대신 짖는다

yong.

지우개 똥

지나간 시간을 지울 수만 있다면
내 인생은
지우개 똥만 가득 남을 것 같다

지우개 똥

불협화음

세상에 살면서
언제나 세상과 화해하지 못하고
혼자만의 동굴 속에서 웅크리고 사는
나는 네모난 바퀴

모두들 동그랗게 굴러가는데
나 혼자 가다 서다
동글동글 잘 굴러가는 바퀴들을
부럽게, 부럽게
바라만 보네

흘려버린 시간들

누군가를 그리워하며
세월을 보내는 것
흘러가버린 내 인생의
대부분의 시간들

외로워하는 내 옆에 앉아
돌아오기를 기다리는
내 어깨를 두드려주자

쓰담쓰담
사느라고 애썼어

Yong

이별

꽃은 피고 지고
다시 또 피는데
사람은 떠나면 다시는 오지 않아
꽃보다도 못한 사람,
꽃잎은 떨어져도 다시 피지만
사랑이 떠난 자리엔
붉은 상처만 남아
사람도 꽃처럼
다시 필 수 있다면
얼마나 좋을까

첫사랑

내 그림 속
그 바다로 가면
그 끝에는 두고 온 첫사랑이
아직 서성이고 있을까

눈 흘기며 떠나버린 변덕스런
젊음의 싱그러운 볼을 만져 볼 수 있을까

그대,
잊혀지지 않는 그리움이여
다시는 볼 수 없어 애틋한
안타까움이여

버티기

버려진 듯이
숨겨진 듯이
그렇게 살아있어요
거미줄에 걸린 나비처럼,
날개를 버둥거리며
그렇게
죽지는 않았다고 가끔
꿈틀거리면서

yong

호수

가랑비처럼
너는 내게로 왔다
소나기 지나간 후에
속살거리는 다정한
빗방울로

나는 너에게 젖어 들고
내 마음은
호수로 변했다

거짓말

이제는 사랑을 믿지 않는다
이제는 아무도 그립지 않다
네가 그리운 것은
지난날의 잃어버린 나였었다

차가워진 가슴속에
흐르는 뜨거운 회한의
눈물 한 방울

이제는 사랑을 믿지 않는다
정말로 아무도 그립지 않다

눈먼 삶

산다는 것은
눈가리개를 하고
어두운 강가를
노 저으며 가는 것 같아

소리는 들리고
가슴으로는 느끼지만
진정
봐야 할 것은 못 보는
그런
장님놀이 같은 건지도 몰라

족쇄

어느 날 나타난 너는
나를 꽁꽁 묶어서 네 곁에 두었지
해 저물면 그대는
그대의 바다로 돌아가는데

돌아갈 바다가 없어져
혼자 목 놓아 우는 밤

생의 마지막을 소주병과 함께한
어떤 사내가
꺼이꺼이 우는 캄캄한 숲속에서

나도 내 마지막 청춘을
모래사장에 묻고
너를 부르네
사랑했다고

감옥

너를 묶어서
단단히 묶어서
달아나는 것들과 함께
꽁꽁 묶어서
쇠창살 밖 세상에 두고

시간이 멈춘 곳 그곳에서
살고 지고
둘이서 사랑이 죽을 때까지
마시고 싶다
독약 같은 사랑주

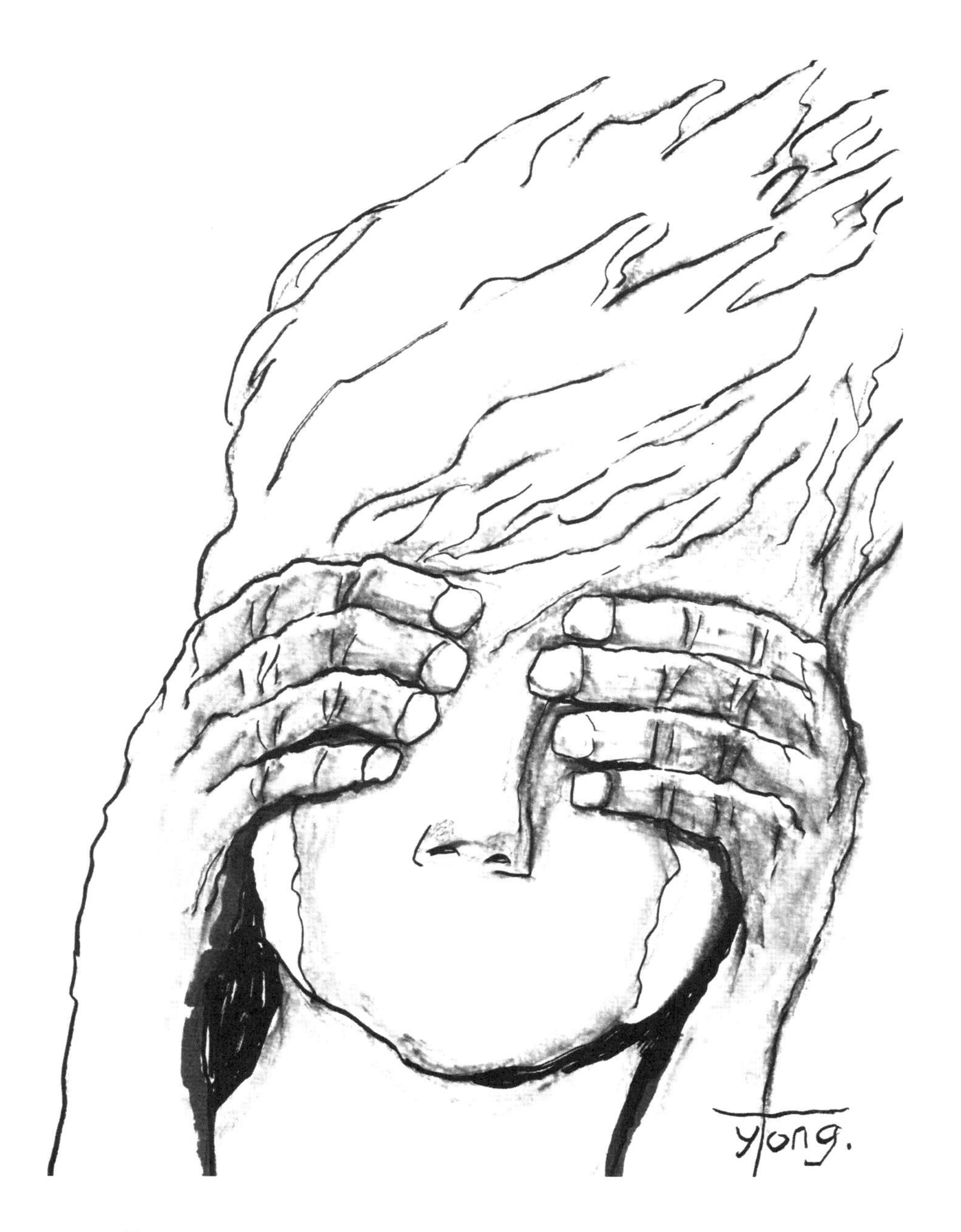
ytong.

파도

부서져 흩어지고
뭉개져 바스러지던 날에는
파도처럼
하얀 거품이 되어
차라리 온몸이 원자로
환원되고 싶었다

잠 못 드는 밤

의식을 비워내는 밤비 내리는 소리
눅눅하게 젖어서 흐르는 과거의 잔상들
후회하고 또
후회하는 톱밥을 또 자르는 시간

빗줄기는 점점 더 사나워지고
날카로운 신경의 촉수는
밤이면 일어나고

언제부터 나는 이리도
많은 밤을 잠 못 이루었던가

유빙

겨울바다 위에 떠있는
유빙 같은 내 마음
쇄빙선 같은 네가 나를
지나칠 때마다
조각조각 깨어지는 가슴

바다 위를 떠도네
다시 얼지도 못하고
녹지도 않은 채로

사월의 낙화

벚꽃잎 휘날리던 밤
꽃비는 내리고
나도 꽃잎처럼 너에게 떨어졌지

찬란한 낙화
향기로운 꽃잎처럼 나도
네 가슴에서 흔들리고 싶었는데

너는 나에게서 칼날처럼 스쳐가고
우리가 만나던 그 벤치에는
가벼운 이별의 한숨만 남아
비를 맞고 있네

사랑이란

사랑이란
여름날의 음식물처럼
변질되기 쉬운 것
처음 만날 때의 설렘도
상한 케이크처럼 변해버리고
뒤돌아선 등 뒤에는
낯설은 냉기만이 흐르네

선로

우리는 결코 만나지 못할
열차의 두 선로처럼
나란히 떨어져 앞으로 뻗어있지

너는 그곳에서
나는 이 자리에서

이따금 열차가 지나갈 때만
비명으로 뜨겁게 감전되지

겨울비

캄캄한 겨울
비는 내리는데
어디 둘 곳 없는 마음만
잃어버린 세월의 강변을
서성거리는데,

다시는 돌아오지 않을 것들의
이름을 부르는 저물녘
황혼의 강가

분실

소중한 사람을 잃어 본 사람은 알지
공기 중의 산소가 갑자기
사라지는 그 고통을

소중한 것을 잃어버린 사람은 알아
가끔 그것들은 수십 년이 지나도
꿈속까지 따라온다는 것을

잃어버렸으므로
다시는 잊을 수 없게 된 거야

걸 수 없는 전화

과거에 전화를 걸 수 있다면
너의 목소리를 들을 수 있을까
숨 막히는 그리움에
잠 못 이루던 불면의 긴 밤들

너를 보내고야 깨닫는
어리석은 사랑의 노래만
잠 속을 때리는데

네가 없는 세상은
산소가 부족해서
자꾸만 숨이 막혀와

여보세요
거기는 과거인가요?
어떻게 하면 막을 수 있나요

여보세요?

말이라는 흉기

남들에게 상처 주는 말을
자주 하는 사람들은
마음속에 자신의 불행이라는
칼을 품고 있다

상대를 까내리면서
자신이 높아진다고
착각하는 도끼를 숨기고 있다

그러니 그들을
개무시하라

내일

술에 취해 하루를 잠그는 날엔
머릿속을 헤집는 날카로운 기억들
빼내고 또 빼내다 지친 밤이면

무거워진 기억의 쇠고랑에 시간을 묶고
내일은 오지 마라
절대로 오지 마라
손사래 치며 눕는 밤

베갯머리에서 기다리는
이루지 못한 꿈들과 함께
어느 외딴 기차역으로
떠나는 꿈을 꾸네

구멍

네가 떠난 뒤에 생긴
커다란 가슴의 구멍
비가 오는 날에는
온갖 추억들이 쏟아져
내 가슴은 홍수가 나

접촉사고

사랑이란
갑자기 당하는 교통사고 같은 것
당신의 외로움과
내 고독이 조우할 때
번쩍, 번개처럼 가슴을 훑고 지나가지만
중앙선을 넘듯 선을 넘으면
아차, 사랑이구나
갑자기 당한 접촉사고 같은 것

함박눈

네가 오기를
겨우내 창가에서 기다렸다
식다 만 커피를 호로록 마시며
행여나 내가 못 볼 때에 네가 올까,
바람이 심하게 부는 날은
너를 마중하러 어느 기차역으로
나가 볼까

햇빛이 쨍쨍 나는 날은
너를 만나지 못하고 봄이 올까 봐
못내 섭섭했다

오늘 양수리에서 내리는 너를 맞으며
함박웃음, 함박눈
이제는 가도 된다, 겨울아

yong

원하는 사랑

진정한 사랑이란
어둠 속에서 더욱 빛나는
촛불 같은 것
캄캄할수록 더욱 밝아지는
등불 하나 가슴속에
켜 두는 것

봄날

그대여, 울지 마라
괴로운 게 인생이다
슬퍼하지 말아라
이 느릿한 고통의 날도,
봄날 잠깐 든
낮잠 속 허무한 꿈처럼
금세 지나가리니

2부

햇빛을 향해 걸어가기

yong.

별빛이 내리는 밤

캄캄한 날에는
흰 알약 몇 알에도 잠 못 들어서
천정을 보니
쏟아지는 별빛들

내 사랑아
아직도 거기 있었구나
별빛 가득한 하늘에

외로움

많은 사람들 사이에서
소통이 안 될 때
우리는 외계인이 된 기분
불통에서 오는 고통을 느낀다

사람들은 모두
각자의 다른 세계에 사는
완전히는 공감할 수 없는 존재들이다

그때에 우리는 떨어진
섬이 되고
우리 사이에는 고독이 파도처럼
흐른다

꽃피는 날

그대 인생이
잘린 나무의 밑동처럼
가지도 이파리도
모두 사라졌다 느꼈을 때

고통의 수레바퀴 밑에서
몸부림칠 때도
살아있는 날까지
꿈꾸라

다시 봄은 오고
꽃이 피리니

그대 꽃피는 날
다시 웃으리

갈망

우리는
빗속의 달팽이들

전 생애를 쏜살같이 달려와도
산기슭 하나 넘지 못하고
갈망할 뿐인
느림보 달팽이들

진달래

겨우내 언 땅에서
붉은 가슴 감추다가

온 세상 밝아지는 봄
감추어 둔 그리움이
꽃으로 피어나네

붉은 산을 물들이며
살았노라
살아났노라

사라진 후에

청춘이 가버린 후에야
그 젊음이 좋은 것인 줄 알았네
그대가 떠나버린 후에야
다시 없을 사랑인 걸 느꼈네

행복을 찾아 평생 그리워했건만
그것 역시 물고기가 물 밖에 나와
헐떡이며 찾는 물처럼
그 편안함이 행복인 것을
물속이 자유였던 것을
그것을 잃고 나서야 알았네

저녁 무렵

하루 종일 어둑하던 하늘
해 저무는 호숫가에 서니
내 마음도 저문다

어디 머물 곳 없어
저 혼자 떠돌다
잃어버린 세월 속에서
서성거리는 마음

미처 늙지 않아 서러운 마음이
같이 지자
내 곁에 앉는다

약속

지켜지지 않는 약속의 말들은
산등성이 너머 구름이 되고
흔들릴 때마다 후두둑
빗줄기가 된다

가다가 멈춰 선 그 어드메쯤
사랑도 그 어디쯤에서 멈추고
한숨 쉬며 돌아보는데

우리 함께 떠들던 그 말들은
주인도 없이 떠도는 기억이 된다

비가 올 때마다
내리는 그리움이 된다

결말

모든 만남의 끝은
이별
모든 인연의 끝도
헤어짐인 것을

어찌하여 알면서
이 나이 먹도록
다른 만남을 꿈꾸는 걸까요

yong.

생선 가시

밥상 위에 살만 발라 먹고
남은 생선 뼈다귀
너도 곧 앙상하게 드러난
내 속을 보면 가시 보듯 하겠지
목말라 죽어버린 너의 화분에
생선 뼈다귀를 묻어줄게
죽어버린 사랑을 애도하면서

추억

유리로 된 온실 한구석
연탄불 난로 위
딱딱한 쑥떡 올려
쩌억 갈라지면
콩가루 찍어 먹던
어린 시절
그리운 쑥떡 너
동생의 웃음소리
세월을 건너 들려온다
그리움 한 모금
꿀꺽

yong

사랑 마중시

사랑아,
네가 오면
연약해진 무릎 세워 튼튼한 다리로
너를 마중 나가리
슬픔으로 짓무른 눈을 씻고
초롱한 너의 얼굴을 마주 보리

내 사랑아,
고통으로 밥 말아 먹고 뚱뚱해진
뱃살은 모른 척해주렴
너의 사랑으로 배부르게 되면
다시 없어질 테니

사랑아, 이별은 거기 두고
너만 혼자 오렴

희망

희망은 절망이라는
검은색 우물에 떨어뜨리는
하얀 눈물 같아서
더 많이 떨어뜨릴수록
우물은 점점 더 맑아진다

견디기 힘든 날에도
희망을 품고 울어라
당신의 가슴이 절망에서
하얗게 탈색되는 날은
오리라

가난

통장의 잔고와
마음의 고통은
반비례한다
넘치게 많아도
유일하게 좋은 것
통장의 잔고

빨래처럼

오늘은
햇빛 좋은 겨울날
아무 일도 생기지 않는
좋은 날

날씨는 춥지만
다육이도 아이비도 웃고 있네
해가 떴다고

베란다에서 벌벌 떨며
말라가는 빨래처럼
나도
태양을 향해 웃자
살아있게 해주어 고맙다고

기도

응답되지 않은
기도에 감사하자
기각된 기도에 감사하자

만약 신이 모든 사람들의
기도를 들어주신다면
세상은 난장판이 될 것이다

기도의 응답 대신
절망 속에서 겸손을 배우게 하신
그분께 감사하자

달팽이

여리디여린 속살이 다칠까 봐
숨을 집을 이고 사는
너는
동굴 속으로 숨어버린 나와 닮았구나

느릿느릿 기어가면서
눈물의 촉수를 흘리며 묵묵히 가는
숲속의 작은 순례자

인생은

인생은 여드름이다
자고 나면 여기저기 촘촘히 생기는 고민거리들
약을 먹으면 잠시 사라진 듯하다가
종내 다시 나타나서 괴롭히는 생활의 염려들
인생은 여드름이 아니다
여드름은 나이가 들면 사라지지만
인생의 고민들은 늙으면 늙는 만큼
수도 없이 생겨나니

저항

너를 공격하고
너의 영혼을 눌림에 빠지게 한
모든 것에 저항하라

너를 죽이지 못한다면
그것은 너를 강하게 하는
고난의 풀무,
용광로일 뿐이니
금이 되고 싶거든
뜨겁게 저항하라

장벽

현실의 벽이 높아만 보일 때는
작은 날개라도
파닥여 보자

나는 닭이 아니야
독수리일 거야
스스로에게 최면도 걸면서 말이야

yong.

나이를 먹는다는 것

모두가 처음 가는 길
누구나 처음 먹어 보는 나이
인생길
굽이굽이 돌아서
석양을 향해 간단다
가다가 길동무 만나거든
쓰담쓰담
토닥토닥
사느라고 애썼어 안아주렴
좋은 날을 기다리지 말아라
네가 웃는 날이 가장 좋은 날이란다

삶이란

삶은 어떤 것을 경험하든
무엇인가를 배우게 된다
인생이라는 학교에서
남들과 비교하는 건 가장 나쁜 거야

넘어지더라도 되도록
빨리 일어나는 법을 배워
그러면 세상이라는 큰 학교에서
스스로 낙제하는 일은
없을 거야

주저앉아있지는 마
산다는 건 움직이는 거니까

봄비

오늘은 비가 그쳤네
창밖에는 나 대신 흘리는
비의 비늘들이 후두둑
푸드덕거리던 내 마음도
잠시 휴식

어린왕자에게

내가 (너에게)
새로운 장미꽃을 줄게

yong.

걱정하지 마

당장 죽고 사는 문제가 아니라면
걱정하지 마라

살고 죽는 문제라도
걱정하지 마라
그것은 어차피
걱정해도 소용없는 일
우리의 책임은 아니다

쓸모없는 일

타인의 시선을 의식하느라
네 시간과 너의 본모습을
버리지 말아라

다른 사람들이 원하는 모습으로
살기 위해
네 인생을 낭비하지 마라

가끔은 마음에 들지 않는
네 자신을 가장 사랑하고
감싸주어라

어떤 경우에도
너만은 적에 편에 서서
스스로에게 화살을 쏘지 말아라

꿈을 향해 가는 너에게

꿈을 이루기 위해
한 발을 내디뎠다면
이제 습관에게 맡길 차례다

매일 꾸준히
열심히 그 습관을 반복하라
실패한 사람들의 오류는
그것이 습관이 되기 전에
포기하는 것이다

세상의 벽

하면 된다
할 수 있다
나도 할 수 있어
발톱을 세우며 담장을 올랐지

한 해 두 해,
발톱이 빠지고
빠진 발톱 다시 자라면
세우고 또 올랐어

벽은 매번 나를 내동댕이치고
아득히 바닥에 떨어져
뒹구는 시지프스의 저주

부서진 가슴으로 중얼거렸지
그래도 내일은 다시 해 봐야지

그림자 숲

산다는 것은
홀로 안갯속을 걷는 것
아무도 서로를 알지 못한다

모두가 외로운
외따로 선 나무들

고독한 숲속에서는
그림자만이
몸길이를 늘리며
서로에게 말을 건넨다

9월

아침 공기가 서늘하다
조금씩 조금씩
가을이 오고 있다

조금씩 조금씩
마음도 가을을 닮아가고 있다

천천히 오는 것들은
모두 좋은 것들이다

불행은 항상
어느 날 갑자기 왔었다
강도처럼 나타나 행복을
강탈해갔었다

늙음도 죽음도
천천히 오너라

희망이란 가장 좋은 것

희망이란
막연히 상황이 바뀌기를 기다리며
주저앉아있는 것이 아니다

장대비가 퍼붓는 빗속에서도
여전히 태양은 떠있음을 아는 것

비는 그칠 것이고
자신은 곧 일어설 것이라는 것을
믿는 확신의 마음이다

기억하라

메멘토모리(Memento mori) 죽음을 기억하라
네가 반드시 죽는다는 것을 기억하라
죽음보다 더 심각한 문제는 없다

카르페디엠(Carpe diem) 현재를 즐겨라
다시는 돌아오지 않을 지금 이 순간을 살아라
오직 오늘만이 우리의 삶이다

아모르파티(AMOR FATI) 네 운명을 사랑하라
마음에 들지 않아도 그것이 네 것이다
사랑하면 이해하게 될 것이다
영원한 내 편은 내 자신뿐이다

인생, 참

오래 머물길 바란 것들은
쉽게도 떠나고
함께 가기를 원하던 사람들은
망설임 없이 갔습니다

인생이
원하는 것만 훔쳐간다면
반대로 갖기 싫은 것을
소망해 볼까요

봄날

봄날도 깊은데
독약 같은 사랑에 구토하면서
시작하자마자 죽어버린
사랑의 선홍빛 선혈이 낭자한데,

오늘도 비는 내리고
그날의 추억도 내 가슴에 내리고
조팝나무 꽃잎도 흔들리는데
잊어 달라고 손 흔들며 떨어지는데

난치병

겨울처럼 외로운 이 세상에서
쇄빙선 같은 내 안의 고독이
얼음 바다 위를 항해하다가

그대라는 빙산을 만나
전속력으로 달려
머리 박고 함께 부서지는 것

기꺼운 파멸의 충돌로
함께 떠내려가는 것

그대와 함께 저물고 싶던
내 평생 앓는 병은
사랑 결핍증

죄수

내가 스스로 들어가
문을 잠근
마음의 감옥

누군가 문 두드려주길
기다리며 12년이 흘렀네

문고리는 안에 있었는데
열쇠도 내가 쥐고 있었는데

너 홀로 아리랑

나를 버리고 떠나간 님들아
십 리도 못 가서 발병이 났더냐
떠난 후 그리워서 잠든
내 머리맡에서
서성이며 밤도 새웠더냐

꿈속까지 찾아와
서러운 눈물 뿌리더니

이제는 나를 잊었느냐
다시 돌아와 되물어도
멀리서 11월의 낙엽이
부스러지는 소리

아리랑 고개를 넘어간다

가로등

가로등처럼 우리
거리를 두고 서서
서로의 빛을 가리지 말자

어두운 밤에
멀리서 깜박이던
그 옛날의 백열등

추운 겨울
군고구마 장수와
집 없는 고양이에게도
따스한 빛을 비추던
그 가로등처럼
따스함을 비추고 살자

별

밤하늘이 캄캄할수록
별은 빛나듯이
고통의 터널 속을 지날 때
사람은 자신이 어떤 사람인지
분명히 알게 되지

주저앉아 절망하거나
별빛을 따라 걸어가거나

세월

세월은 간다는 말도 없이
가고, 또 가고
세월만 저 멀리 가고
모욕과 오욕의 세월을 견디었구나
나무가 제 몸에 나이테를 새기듯
내 얼굴은 주름살이
나이테를 새긴다
모진 세월 견디었다는 훈장으로

네 탓

실패를 두려워하지 말고
하고 싶은 일을 포기하는 데서
부끄러움을 느껴야 한다
자신의 환경이나 세상을 탓하는
것이야말로
자기가 실패자라는 것을
증명하는 것이다

세상에는 못 할 이유가
수천 가지나 되는 사람들이 해낸
기적으로 가득 차있다

오지 않는 사랑

비가 내리는 날에는
나도 너에게 젖어가는데

너는 대체
어느 별에 있기에
나에게로 떨어지는데
그렇게도 오래 걸리는가

오지 않는 너는
얼마나 멀리 있는
외로운 꿈인지

고통받는 너에게

강한 비바람이 뿌리 깊은
나무를 만들듯이
역경과 환란은 심지 굳은
사람을 만든다

지금 고통의 터널을 지나고
그 속에 있다면
놀라지 말아라
겨울에도 나무는 자라듯이
너도 꽃피울 준비 중이라는 것이니

yong.

그대와 함께

손톱달이 뜰 때부터
보름달이 될 때까지

보름달이 사위어져가서
다시 손톱달이 될 때까지
내내 함께 하고 싶은
당나귀의 꿈

말의 향기

당신이 하는 말이
누군가에게 뾰족한 가시보다
장미꽃으로 피어나기를

말은 양날을 가진 칼이라
상대에게 상처를 남기지만
당신의 손에도 흔적을
남길 테니

빗소리

빗소리가 그쳤다.
내 속에서 엉엉 울던
그 소리도 그쳤다

밤새 서글프게 울던
과거의 서글픔도
나를 괴롭히던
미친 듯이 휘몰아치던 바람도
그쳤다

이제 나도 잘 수 있으리

그리운 이름

엄마
외로운 날에는 나지막이
불러 보는 그리운 이름
엄마,
오늘도 저는 세상의 높은 담장에
머리를 박다 왔어요
아래를 보고 살아라
아래를 보고 살아라
만족하고 살라는 뜻인 줄
이제는 알 것 같아요
목이 아프거든요

천적

누군가 너를 괴롭히는
미운 사람이 생기면
그 사람을
천적이라 생각하라

어항의 물고기도 천적이 없으면
헤엄치는 게 나태해지고
온 섬에 천적이 없던
도도새는 멸종하게 되었다

파닥임을 도와주는 그에게
감사하라
날지 않으면 날 수 없게 된다
닭도 한때는 새였다

어른

어른이 된다는 건
해도 될 말과
해서는 안 되는 말을
구분할 수 있게 된다는 거야
남들이 무슨 말을 하든지
네 귀에 필터를 끼우고
흘려들어야 한다는 걸
배우는 것이기도 해

세상을 둘러봐
얼마나 많은 덜 자란
어른이들이 어지럽게 하는지

말은 생각을 쏟아내는 수도꼭지지
흙탕물이 가득한 수도에서
쏟아지는 그 물을 생각해 봐
그러니 평소의 생각을 잘 정화하도록 해

yong.

먼지

먼지는 아무 곳이나 잘도
내려앉습니다
먼지는 가리지 않고
훨훨 날기도 잘합니다

그래서 어떤 시인은
먼지가 되어라는 노래 가사를
썼는지도 모릅니다

좋은 것도 싫은 것도 많은
내 마음도
먼지를 닮아야겠습니다

인생의 의미

내 인생의 모든 날들이
항상 좋았다고 말할 수는 없지만
모든 날들이 가치 있었다고는
말할 수 있다
고통은 인내를
슬픔은 다른 슬픈 이들에 대한
공감과 위로할 수 있는 마음을
환란과 역경은 연약했던 내면을
더욱 단단하게 만들어서
불덩이에 달구어진 쇠처럼 강하게 만들었다

나를 부서뜨리려 온 것들은
내가 망가지지 않음으로써
나를 죽이지 못했고
나는 비로소 진정한 의미의
나 자신이 되었다

어느 날 오후

찌그러진 계란후라이의
퍼진 흰자 같은 오후
남들의 행복한 모습을 부러워하느라
초라해진 너 자신 옆에 앉아
어깨를 두드려주며 말해

이만하면 잘했어
토닥토닥

행복이란 최악의 상황에서도
한 가지쯤은 좋은 것을 찾아낼 수 있는
마음의 능력이야

여러 갈래 길에서

여러 갈래 길에서
선택한 그 길이 우리의
운명이 되었다

위로.
yong

비난

너를 비난하는 말에
귀 기울이는 것은
적과 한패가 되어
너를 때리는 것과 같아

너를 깎아내리고
네가 무너져 내리는 걸 보며
비웃을 만큼 차가운 족속들이니

그럴 때마다 너만은
스스로의 든든한
방패막이가 되어줘야 해

주인

하고 싶은 일을 하고 산다는 것은
가장 행복한 삶이다

당신 삶의 주인으로 살아라
돈을 위해 꿈을 희생한다면
돈이 주인이 되고
사랑을 좇아 살면
사랑의 노예로 살게 된다

마음속에 다른 것을 들이면
그것이 주인이 되고
사람은 생각보다 쉽게 자유를
잃어버린다

별

사람은 누구나 상처를 품은 채 살아
생채기 난 가슴은 가끔씩 삐뚤어지기도 하고
어떤 이는 아픔 속에서도 성장을 하지
무엇을 선택할지가 너의 인격이 돼
상황을 탓하거나 세상을 탓하는 건
가장 쉬운 자기변명이자 책임 전가란다

인생이 고난 속에 있을 때
사람은 자기 자신이 어떤 사람인지
분명하게 알게 되지

별은 어둠을 탓하지 않고
스스로 반짝이며 빛을 내잖아

마치며

사람이 사람에게 기대할 수 있는
가장 좋은 것은 따뜻함이다
황무지 같은 세상에서
지친 당신에게
수많은 사람들 사이에서도
외로운 당신에게
비교하느라 가진 것을 누리지 못하는
소외된 많은 영혼들에게
아이처럼 주저앉아 울고 싶은
어떤 이에게
마음으로 깊은 위로를 보냅니다

살아있어서 아픈 거랍니다.

그대 등 뒤의 슬픔에게

ⓒ 용이림, 2024

초판 1쇄 발행 2024년 8월 16일

지은이 용이림
펴낸이 이기봉
편집 좋은땅 편집팀
펴낸곳 도서출판 좋은땅
주소 서울특별시 마포구 양화로12길 26 지월드빌딩 (서교동 395-7)
전화 02)374-8616~7
팩스 02)374-8614
이메일 gworldbook@naver.com
홈페이지 www.g-world.co.kr

ISBN 979-11-388-3439-1 (03810)

• 가격은 뒤표지에 있습니다.
• 이 책은 저작권법에 의하여 보호를 받는 저작물이므로 무단 전재와 복제를 금합니다.
• 파본은 구입하신 서점에서 교환해 드립니다.